EDITIONS MAUREL©

Eckhardt Momber

Herbst, André

Eine Erzählung aus den 70er Jahren

Mit einem Bild von Jan Momber

sowie

Notizen des Verfassungsschutzes

Impressum:

© 2016 by Eckhardt Momber

Bilder © Jan Momber

978-2-9553085-5-4 (Paperback)
978-2-9553085-6-1 (Hardcover)
978-2-9553085-7-8 (eBook)

verlegt bei tredition GmbH Hamburg

Printed in Germany

Bibliografische Informationen der Deutschen Nationalbibliothek: Die Deutsche Nationalbibliothek verzeichnet diese Publikation in der Deutschen Nationalbibliografie; detaillierte bibliografische Daten sind im Internet über http://dnb.b.-nb-de abrufbar.

INHALT

Als Gregor Samsa eines morgens aus unruhigen

Träumen aufwachte, fand er sich in seinem Bett

zu einem ungeheuren Ungeziefer verwandelt. (…)

„Was ist mir geschehen", dachte er. Es war

kein Traum.

(Franz Kafka, *Die Verwandlung***, Oktober 1915)**

Seine Finger sind dick und wie Würmer, so fett

und Zentnergewichte wiegt 's Wort, das er fällt.

Sein Schnauzbart lacht Fühler von Schaben.

Der Stiefelschaft glänzt so erhaben.

Schmalnackige Führerbrut geht bei ihm um,

mit dienstbaren Halbmenschen spielt er herum.

Die pfeifen, miauen oder jammern.

Er allein schlägt den Takt mit dem Hammer.

(Ossip Mandelstam 1934 über Stalin, der ihn erst

sozial isolierte, um ihn sodann in einem seiner

Lager am 27. Dezember 1938 ums Leben kommen

zu lassen.)

Ich danke Andrea für unsere Diskussionen und

Angelika Fleckenstein für die Gestaltung dieses Heftes.

Dem Anwalt und Freund Heinz Weiß danke ich

für die freundliche Genehmigung der Verwendung seiner Notizen

aus meiner Verfassungsschutzakte.

SPÄTE REUE

Seelenruhig lag der Blick des Taxifahrers bei hundertfünfzig Stundenkilometern auf der Autobahn Frankfurt Airport/Frankfurt City.

Fragt der Fahrgast: „Wie lange leben Sie eigentlich schon in dieser Stadt?" –

„Seit 40 Jahren, in diesem Herbst. Seit die Roten Khmer meine Familie umgebracht haben. Vor meinen Augen. Und Sie, wo kommen Sie her?"

„Daher!"

Schweigen im leisen Rauschen einer Taxifahrt.

„Woher?"

„Über Peking aus Phnom Pen."

Der Fahrer drosselt das Tempo und sieht im Rückspiegel, wie sein Fahrgast die Brille runternimmt und sich die Augen ausreibt – mit Sandpapier.

Da endlich war es Zeit geworden, für seine Geschichte: die Geschichte eines Mannes namens Herbst, Vorname André.

Ein Maoist, der er gewesen sein wird.

Maurel, 5. Dezember 2016

1

Maos Tod

Es erwischte ihn kalt in einem Café in Wyk auf Föhr. Er brütete über einer Ansichtskarte und süffelte seinen Pharisäer: Heißen Kakao mit einem ordentlichen Schuss Rum. Nichts Leckereres im Spätsommer 1976! Gegen Abend an der Nordsee, wenn es draußen anfängt, ungemütlich zu werden. Und der Pharisäer einem die Kehle runter brennt. Plötzlich weiß er wieder, was er seiner Freundin schreiben wollte, es aber noch auf seinen Lippen zurückhält.

Und er sieht raus in die täglich früher einsetzende Dämmerung, niemand anderem als Mao Tse-tung mitten hinein in sein bulliges, vom SPIEGEL schwarz eingerahmtes Gesicht da drüben am Kiosk. Schon hat er seine Rote Fahne in Händen, die er heute eigentlich in Berlin Kreuzberg vor einem Krankenhaus hätte verkaufen müssen.

Noch einen Pharisäer?

Zu spät.

Muss sofort zurück ins Landschulheim, wo ihn seine Frau samt kleinem Sohn und einer Rasselbande nordseehungriger, junger Kreuzberger erwartet. Draußen klatscht ihm kalter Regen auf die Kopfhaut. Schirme vergisst er, Hüte hasst er. Nicht nur Hüte! Alles, was den Kopf bedeckt. Sein Haar ist schon schütter und seine Stirn auf dem Weg zur Halbglatze, wenn man genau hinsieht.

Das tut er nicht.

Wo ist der nächste Briefkasten?

Kein Briefkasten weit und breit auf dieser Insel? Sehr unangenehm, mit so einer süßen Ansichtskarte in der Brusttasche seiner Frau unter die strengen Augen zu kommen.

„Warum so spät?"

„Mao ist tot!"

„Wie das?"

Er erklärt, halbwegs wahrheitsgetreu, seine Verspätung und hat das Gefühl, die ganze Rasselbande hört zu. Ihm, dem Mann ihrer Lehrerin.

Verflixtes, siebentes Ehejahr!

Wie mit der Lüge leben?

Gestern Abend noch, am Vorabend der Abreise an die Nordsee hatte er ausgepackt, die Wahrheit auf den Küchentisch. Nicht die ganze natürlich, nur, dass er sich verliebt hatte.

Wieder mal!

„Hast du schon mit ihr gepennt?"

„Wir pennen nicht."

„Was denn sonst, du Weiberhengst!"

Und dann hatte die Lehrerin so stark auf den Tisch der Küche gehauen, dass beide Teller hochsprangen und wieder runterschepperten.

Ehegewitter!

Klatschnass sitzt er an der Seite der Lehrerin, der Mutter seiner beiden Kinder. Und liebt sie doch auch, nur anders eben. Streichelt dem Söhnlein mit nasser Patsche unbeholfen über die blonden Locken. Darunter zwei blaue, böse Kinderaugen.

Mama böse, ich auch böse!

Mama schöpft Suppe aus der Terrine und füllt sie Papa in den tiefen Teller. Papa atmet auf, wittert Entspannung und täuscht sich mal wieder, aber gründlich.

Nach dem Essen gehen alle früh schlafen, geht das Licht aus im ganzen Landschulhaus. Nur im Zimmer der Lehrerin nicht. Sex wäre jetzt sicher gut angebracht, wenn auch kein Allheilmittel. Lenin und Genossen tranken Frauen aus Wassergläsern. Mao liebte Jungfrauen. Für diesen Mann und diese Frau im Landschulheim aber war Sex mehr als Sex. Aber was, verflucht und zugenäht? Was war Sex noch mal?

Treue genital?

Nicht sehr genial!

Ohne Neugier geht es jetzt.

Sie schrie und weinte so lange vor Ohnmacht und Wut, bis er am liebsten auch damit angefangen hätte.

„Wieder eine deiner verdammten Tussis!"

Dass er nie nur mit Tussis, das schrie er nicht. Faselte was von einem zauberhaften Eisenbahnflirt. Auf einem der üblich gewordenen marxistisch-leninistischen Revolutionsexporte von Westberlin nach Westdeutschland.

„Und Du, mein Mann, Vater meiner Kinder, auch nur so ein Demo-Vieh, ein dämliches?"

Erst ist ihr, dann auch sein Taschentuch tränennass.

„Geiler Hornochse, du! Hauptsache ihr habt eure revolutionären Häupter mal wieder erhoben, eure Nasen in den letzten Wind aus Peking gehängt und dann eure Parolen geblökt. Frei sein, Liebe muss dabei sein – was?

Das Ganze unter dem Banner eures Großen Vorsitzenden. Für den ihr euch in der Gegend herumkarren lasst. Aber selbst das reicht euch nicht. Da fehlt euch was. Da müssen die Tussis ran!"

Sie weint und flucht, dass sich die Balken des Landschulheims biegen.

„Blöder, geiler Bock du! Jetzt aber raus mit der Sprache! Hast du nun mit ihr gepennt oder nicht, mit deiner Tussi?"

Den Teufel wird er jetzt tun!

Ihr die Wahrheit noch mal antun, wie gestern Abend? Wo schon ein paar Andeutungen genügt hatten, um den Wohngenossen mit Gebrüll aus seinem Schlaf zu reißen. Mit seinen brühwarmen Brocken eines Nachtzuggeschehens. In dem Genosse neben

Genossin zu sitzen kam, in einem geschlossenen Abteil. Zusammen mit anderen, noch dösenden oder schon eingepennten Genossen und Genossinnen. Alle demo-müde, demo-high. Und dann der Zug, dieser Nachtzug, der die beiden so schön durch die verachtete Zone, Moskaus von ihnen allen verachtete Republik geschaukelt und diese beiden besonders erregt, auf alten Gleisen und Schwellen über allerhand Weichen geradezu aufgeputscht hatte. Da half dann auch kein voneinander Abrücken mehr. Da war kein Halten mehr, nur noch Lippen, Zungen, Zähne.

Was wollten sie mehr?

Viel mehr!

„Sag schon, du kannst es mir jetzt ruhig sagen."

Wehe dir, wehe du sagst es ihr, Idiot der Wahrheit, du.

Auf dem Gang der höllische Lärm, ein Brausen und Sausen, das die Ohren betört. Er meinte es doch nur gut mit ihnen, der sie in ihre Nacht jagende Interzonenzug. Mit den seinerzeit noch herunter zu kurbelnden Fenstern im Gang, in der die kühle Herbstnacht sie anfauchte, über sie herfiel. Dieses Untier, ihr Tier.

Irgendwann hatte die Lehrerin sich ausgetobt. Die kleinen Kreuzberger konnten ruhig weiterschlafen im Schlafsaal nebenan. Anders als der Wohngenosse gestern Abend in Berlin, wo er immer noch in der Tür zur Küche gestanden hatte und schon dabei gewesen war, sich wieder zurückzuziehen, um sich wieder hinzulegen. Als es ihn jäh aus seinen Pantinen haute.

Jenes Geständnis!

„Es tut mir wirklich wahnsinnig leid", wollte der Ehebrecher seiner Frau jetzt gestehen.

„So furchtbar leid! Denn das Allerschlimmste vielleicht, das habe ich dir doch noch gar nicht gestanden: Dass ich lügen müsste, wenn ich dir versprechen sollte, es nie wieder zu tun. Genau das kann ich nämlich nicht. Ich kann es nämlich nicht lassen. Ich müsste lügen, wenn ich dir das jetzt versprechen würde. Ich werde es wohl wieder tun. Ich kann es, werde es nicht lassen können. Verstehst du?"

Musste das sein?

Das auch noch?

„Ich bin so!"

Und das war es dann, was den Wohngenossen glatt umgehauen hatte. Wie von der Axt getroffen hatte es ihn auf das Linoleum in der Küche hingeschlagen. Auf dem er sich herumgewälzt und zum Gott Erbarmen geröchelt und gestammelt hatte. Schaum vor dem Mund.

„Das Geschirrtuch, schnell!

„Seine Zunge", hatte sie geflüstert.

„Nicht beißen, bitte nicht beißen jetzt!" So flehte sie den Wohngenossen da unten auf dem Küchenboden an. „Sonst beißt er sich die Zunge ab. Ruf die Feuerwehr!"

Am nächsten Morgen war nicht gerade eitel Sonnenschein im kleinen Zimmer neben dem Schlafsaal des Landschulheims. Immerhin regnete es nicht mehr. Sodass der geplante Ausflug an den Deich getrost vonstattengehen und die Großstadtkinder vergnügt durch hohes Binsengras stromern konnten. Wie wilde, kleine Tiere, so schrien und sprangen sie in den Wiesen des Deichs herum. Freuten sich noch ungetrübter Freiheit, wie man so sagt. Auch das Söhnlein war ganz froh und munter, nach schlecht durchschlafener Nacht. Still vergnügt wanderte es aus der einen Mädchenhand in die andere.

Taler, Taler

Du musst wandern!

Sangen sie.

Wenn doch die Mama mit dem Papa auch so fröhlich wandern könnte, Hand in Hand.

Noch wehte ein verirrter, warmer Sommerwind. Der hatte sich nicht einschüchtern lassen, gestern Nacht. Aber dieser Wind war es auch, der die Kinder wie letzte Schmetterlinge vor sich hertrieb. Und ganz furchtbar gellte jetzt der hohe Schrei eines der Mädchen mit dem Söhnlein auf dem Arm. Und mit ihnen kamen sie alle atemlos angelaufen und brachten doch kein Wort heraus. Schnitten Grimassen und zeigten zurück in die Wiesen.

Da nahm sich der Vater seinen Sohn auf den Rücken, rannte der Mutter und allen Kindern hinterher. Bis sie allesamt wo stehen geblieben waren unterm Deich und dort erstarrten. Was war das für ein unheimlicher, weißer Flecken mitten im Wiesengrün? Da bleichten Knochen und Schädel eines Schafes im Sonnenschein. Das grinste mit gelben Zähnen und blickte die Kinder aus seinen schwarzen, leeren Augen an. Und dies solange, bis selbst das Tosen der Nordsee erstarb und sie alle ganz befangen waren.

Nur der Sohn, der blieb ganz unbefangen und wollte jetzt runter von Vaters Schultern. Musste näher ran an das Ungeheure vor seinen Augen, es sich ansehen aus nächster Nähe.

So schaute er eine Weile und fragte dann und gar nicht leise: „Ist das der Tod?"

2

Im Vorzimmer

Kleiner, enger Raum unter einer nackten Birne der weltberühmten Firma Osram in Berlin. Brennt an einem Frühlingsmorgen des Jahres 1970 an kahlem Draht von hoher Decke auf die uns schon von der Nordseeinsel her bekannte Halbglatze herunter.

Herbst, André auf dem Weg zu Michel Mühsam!

Sein neuer Name, sollte es ihm heute Vormittag gelingen, bolschewisiert, sprich, in eine leninistisch-neostalinistische Massenorganisation aufgenommen zu werden. Gar nicht so einfach, wird nicht jedem vergönnt. Und ist vielleicht deshalb sein Herzenswunsch: Sein Leben zu ändern, um es einer großen Sache zu weihen. Die Welt endlich nicht mehr nur zu interpretieren, sondern sie zu verändern.

NIEDER MIT DEM INTERNATIONALEN IMPERIALISMUS!

DEM VOLKE DIENEN!

HOCH LEBE MAO TSE-TUNG!

Neben André hängen ein langer, schwarzer Motorradmantel, daneben ein kurzer, weißbuschiger Pelz auf einem Kleiderständer, oben drauf zwei jener mattblauen, maomodischer Schirmmützen. Sonst nichts, nicht mal ein Hocker für Maos Sympathisanten auf dem Sprung in sein Leben als Kader. Leider auch kein Spiegel, in dieser Garderobe. Ein Spiegel hätte ihn möglicherweise noch bewahrt, vor dem größten Irrtum seines Lebens.

Lassen wir ihn so, wie er gerade ist.

Hundemüde nämlich.

Redaktion bis weit über Mitternacht, dann mit Assya bis drei, seine Frau um sieben in die Schule, also er dann das Neugeborene gewickelt, die Flasche und der Wohngenossin in die guten Hände. Und raus wieder aus dem Haus bzw. einem fünften Stock in Friedenau.

Bisschen mehr Schlaf wäre jetzt gut gewesen.

Ansonsten – warum, zum Teufel, hat er nicht einfach so weitergelebt? War doch ganz schön so, seine politisch engagierte Lebenshatz. Der Job an der Uni, erstes Unterrichten als frischgebackener Magister, das erste Kind, die Flugblätter, Versammlungen, Schulungen, Demonstrationen, die kleine Familie, die Freunde, die Freundin. Aber nein, das alles war es noch nicht. Da musste noch mehr her. Er musste modern, musste noch ein ganz anderer sein. Rimbaud, Arthur im Kopf!

Rilke im Ranzen: Sein Leben ändern!

Nur um es als ehrenamtlicher Funktionär an Maos Nagel zu hängen? Ist er noch bei Trost? Ein Eichendorff-Indianer ist er! Sohn eines Hitler-Offiziers und Enkel von Großgrundbesitzern ist er obendrein.

Was scheren so einen die Kommunisten?

Hat seinen Großvater nicht mehr im Ohr:

Immer langsam mit den jungen Pferden!

Aber, das war es ja. Das war sein ganz persönlicher, heimlicher Skandal. Er war ja gar nicht mehr so jung, war schon ein alter Hengst, mit seinen 29 Jahren.

Ist es das, warum sie mich hier in ihrer kalten Garderobe schmoren lassen, die Genossen der Kommission für Kader Kooption?

Zu alt, schon viel zu alt bist für uns, Genosse. Außerdem schon Vater. Führer brauchen wir.

Na ja, meiner süßen Assya, der bin ich wohl gerade noch recht. Die wird sich freuen! Nachher, wenn alles vorbei ist. Wenn ich aufgenommen, Kader geworden sein werde. Nachher, in der Mittagspause, hat sie heute Nacht noch gesagt. Wenn sie dich durchhaben, dann bin ich dran, nehm ich dich in die Mangel.

Dann wirst du mir dienen!

André war einverstanden mit sich und seiner Entscheidung, sein Leben auf eine höhere Stufe zu heben. Wie laut sie losgelacht hatte, kurz vor Drei.

Höher?

Warum denn höher?

Tiefer, bitte schön.

Noch tiefer!

André liebte sein Leben, seine Frau, sein Kind, die Freundin, die Rote Fahne und die Revolution.

Wirklich, die auch?

Neulich erst, mit Assya im Laufschritt unterhakt in einer Reihe auf einer Demo und Assya dann, mit ihrer Frage, zwischen den gebrüllten Parolen. Dieser Frage, die ihn aus dem Tritt brachte:

„Glaubst du oder glaubst du nicht an sie? An die Revolution! Ich meine, wirklich. Und du erst, du mit deiner heilen Familie – du willst mir weismachen, dass du an die Revolution glaubst?"

Und weiter im Laufschritt auf dem Kudamm und runter vom Kudamm, am Amerikahaus vorbei:

USA-SA-SS!

Stimmt das überhaupt?

Mal sehen, ob sie mich gleich auch danach fragen werden. Die da hinter ihrer dicken Tür. In ihrem schönen, geräumigen Berliner Zimmer. Und ich hier, in ihrem engen Kabuff.

Natürlich liebe ich die Revolution!

Wüsste aber ganz gern noch mehr darüber. Mal nachfragen, in der Schulung. Wo ich alles schon gelesen haben muss. Und komme doch kaum noch dazu, zum Lesen. Bin einfach zu beschäftigt mit Leben. Und, ja gut, mit Lieben auch.

Assya glaubt an die Revolution. Auch mit Gewalt? Geht ja nicht ohne, hat sie gesagt. Ohne Gewalt geht gar nichts, Genosse. So ist das, Genosse. Dir aber, dir sehe ich es an der Nasenspitze an:

Du hast was gegen Gewalt!

Hasst die Gewalt.

Hast Angst vor Gewalt.

Ja doch, ja doch.

Wäre doch beinahe selber mal gewalttätig geworden. Tödlich! In meinem Hass, dem einzigen Hass meines Lebens. Auf den Mann, der meine Mutter auf dem Gewissen hat. Da hätte ich mir beinahe einen Mord aufs Gewissen geladen. Mit Hilfe von Großvaters tückisch kleiner, gut hinter einem Dachbalken auf seinem Boden versteckten Mauser.

Wie komme ich denn da jetzt drauf? Ausgerechnet hier, in diesem Vorzimmer.

Weil meine Mutter meinen Vater und uns vier Kinder für einen Mann verlassen hatte, der eine Arzthilfe im Ostfriesischen gesucht und in ihr gefunden hatte. Just in dem Augenblick ihres Lebens, in dem sie endlich frei geworden war. Sich hatte scheiden lassen, um auf eigenen Füßen zu stehen und ihren Beruf wiederaufnehmen wollte, als Heilgymnastin.

Selbstständig sein.

Nicht mehr nur Mutter und Hausfrau sein.

Endlich anders leben.

Und dann verliebte sie sich in einen Arzt und Astrologen und folgte ihm aufs Land. Und zerbrach an der zweiten großen Liebe ihres Lebens. Schaffte den Sprung nach vorne zu sich nicht. War schon auf dem Weg nach Köln, wo sie als Heilgymnastin hätte wieder anfangen können. Glaubte, es nicht zu schaffen. Und glaubte dies so lange, bis ihr der Schlüssel zum Giftschrank des Landarztes in die Hände fiel, den der Arzt bis dahin nie achtlos liegen gelassen hatte.

War er denn nicht pünktlich gewesen, vorhin Punkt neun.

Erst nach Stunden, so schien es ihm, öffnete sich die dicke Tür ins Berliner Zimmer, wenn auch nur für einen Spalt. Als stünde der Weihnachtsmann dahinter. Dem er dann gleich seinen Marxismus-Leninismus aufsagen sollte.

„Wir müssen dich leider noch um etwas Geduld bitten, Genosse.“

André nickte ergeben und rekapitulierte seinen ML, Mao inklusive. Das ging nicht lange gut. Lieber gab er sich seinen Erinnerungen hin. Komisch nur, dass die immer wieder auf den Tod hinausliefen. Warum eigentlich?

Warum schrieb einer einst in Marburg an der Lahn zum Beispiel gleich drei Seminararbeiten auf einmal über den Tod? Erstens über die verschiedenen, symbolisch aufgeladenen Todesarten in der mittelhochdeutschen *Kaiserchronik,* zweitens über den Tod als mitternächtliche Erscheinung auf den Festen Joseph von Eichendorffs *Ahnung und Gegenwart* zum Beispiel? Und drittens über den Tod im Vergleich zweier moderner Gedichte: Rimbauds *Dormeur du Val* und Georg Heyms *Der Schläfer im Wald?* André in spe todessüchtig, ein Trübsalbläser, notorischer Schwarzseher?

Irgendwas stimmte nicht mit ihm.

Trampte er deshalb schon mit sechzehn durch halb Europa? Fand er sich deshalb mit neunzehn wieder in der Kieler Pathologie? Wo er sich eingeschlichen hatte, verkleidet mit einem weißen Kittel als Medizinstudent. Um die Toten in Augenschein zu nehmen. Um mit eigenen Augen zu sehen und hoffentlich zu begreifen, was es denn auf sich hat mit dem Tod. Am liebsten hätte er die junge Unfalltote auch noch angefasst, um das Rätsel des Lebens mit der Kuppe seines Fingers auf ihrer Brust zu lösen. Dieser aber, sein vor und wieder zurückzuckender Finger, der hat ihn dann verraten. Ein Skalpell wäre wohl besser gewesen in seiner Hand.

„Was suchen Sie denn hier, bei uns“, bellte der Professor. Raus mit Ihnen!

Sie Scheusal von einem jungen Mann!“

Da wurde er reingerufen in das Berliner Zimmer.

3

An die Zentrale

Bericht der Kommission Kooption:

Daten eines von dem Genossen Franz Layritz vorgeschlagenen Kandidaten: Geboren 1941 in Berlin; eingeschult erst mit sieben in Timmendorfer Strand; Aufnahmeprüfung Gymnasium mit Müh und Not; erster Schulverweis mit dreizehn, wegen Aufsässigkeit; Hänseleien im Internat Carlsburg an der Schlei; umgeschult nach Heidelberg; sitzengeblieben in Hannover; zurück nach Heidelberg: Auslandsaufenthalte in Frankreich, England, Schweden; sitzengeblieben in Kiel; erst die Schule, dann die Banklehre abgebrochen; Ausbruch nach Spanien; Taschenbuchverkäufer in Kiel; Fremdenreifeprüfung Frühjahr 1964; als Moses auf einem Eisenerzfrachter zur See; studiert in Marburg und trampt durch Jugoslawien, Rumänien, Bulgarien, Griechenland und Türkei; Freitod der Mutter, Vater nach Amerika ausgewandert; Magister ab Frühjahr 1970, Lehrbeauftragter; Geburt einer Tochter.

Leider konnten wir diese von ihm persönlich uns überlieferten Daten nicht überprüfen.

Erster Eindruck:

Irgendwie durch den Wind!

Ihr in Köln würdet sagen, neben der Kapp. Hier in Berlin sagen sie: Hat 'ne Macke. Ich würde sagen: Gefühlsdusel, kein analytisch-dialektisches Denken.

Aber pünktlich! Mussten ihn warten lassen. Weil wir nicht gleich wussten, wie wir bei ihm vorgehen sollten. Ausgehend von dem Material, das uns vorlag. Künftig strengere Maßstäbe bei der Vorauswahl, bitte! In Peking wäre dieser Genosse in keine engere Auswahl gekommen. Da wäre er nicht mal mit einem Schandhut davongekommen.

Wer hat ihm eigentlich diesen Decknamen gegeben?

Michel Mühsam, passt wie die Faust aufs Auge.

Wir brauchen weder Träumer, noch Melancholiker.

Kämpfer brauchen wir!

Fühlten ihm gründlich auf den Zahn: Klassenkampf ist Linienkampf, Kulturrevolution, Umerziehung, dem Volke dienen usw.

An den Genossen Schulungsleiter:

Genosse Michel Mühsam braucht dringend Nachhilfe in der Gewaltfrage. Da hapert es noch. Hat zu viel Religion im Kopf (Nächstenliebe!). Und Illusionen über den bürgerlichen Rechtsstaat (Meinungsfreiheit und all das).

Können ihn trotzdem gebrauchen, vorerst.

Bis vor das Tor der Diktatur des Proletariats.

Hier der Einwand des Genossen Michel: Freiheit für Andersdenke!

Ach ja, unsere Rosa, die Gutste.

Sein USA-SA-SS kam ihm verdächtig halbherzig über die Lippen. Liebt Amerika seit seiner Jugend, schon wegen der Musik! Gestand er uns. Läge am Vater, einem Hitleroffizier und Nachkriegskarrieristen. Der von seinen Geschäftsreisen um die Welt so was wie Bing Crosby, Bill Healy und Pat Boone mitbrachte! Später Elvis, natürlich Elvis. Fragte uns allen Ernstes, ob Rot Gardisten Fans der Beatles wären.

I cant get no!

Wo kämen wir da hin?

Ich erspare euch seine weiteren Dummheiten, die wir erst aus ihm heraus kitzeln mussten. Ganz zum Schluss und eigentlich nur noch, weil er nicht aufhörte, von den breiten, entrechteten und ausgebeuteten Massen auf der ganzen Welt zu sprechen, war ich dann endlich soweit. Und stellte ihm die entscheidende Frage, meine Fangfrage:

„Sag mal, Genosse. Du hast doch nicht etwa Mitleid mit ihnen, mit den Massen des Volkes, was?"

„Natürlich habe ich das", rief er wie vor den Kopf gestoßen und wurde dann auch noch rot dabei.

„Dann willst du ihnen sicher auch helfen, nicht wahr?"

„Was denn sonst, Genosse?!"

DIE-NEN SOLLST DU IH-NEN! So wiesen wir ihn zurecht, was nicht so einfach war.

Geradezu rührend wirkte dann darauf seine Versicherung, die Politik der Partei immer an die erste Stelle setzen zu wollen. Ja, guten Willens ist er schon! Wir fragten ihn aber tunlichst nicht, wie er das wohl hinkriegen würde, in seinem zukünftigen Leben als bolschewistischer Kader unserer Massenorganisation. Unser Vater und Lehrbeauftragter, der neben seinem Job an der Uni noch in einem Laienlektorat arbeitet. Zu seinem Glück hat er eine Frau, die zwar auch studiert, aber gut dazuverdient. Leider verdienen beide nicht so viel, dass für uns, außer den üblichen Beträgen, noch viel übrigbleibt.

<u>Gesamtbeurteilung:</u>

Der Genosse ist eher ein Deserteur, als ein Revolutionär. Ein Suchender, der die Welt verändern will. Na ja, das wollen wir ja auch.

Also aufgenommen(vorbehaltlich!).

Rot Front!

Westberlin, 18. März 1970

P. S.

Noch was, mit der Bitte um außerordentliche Kenntnisnahme, weise ich darauf hin, dass der vorliegende Bericht meinerseits eine Ausnahme bleiben wird. Sie ist der Tatsache geschuldet, dass dieser Genosse uns in seiner revolutionären Unentschiedenheit ein Rätsel geblieben ist.

Wird uns trotzdem nützlich seine, siehe Lenin über die Idioten.

(Handschriftlich hinzugefügt)

Zur Personalakte MM:

Als wir nach dieser wahrlich mühseligen Sitzung auf dem Balkon im fünften Stock frische Luft schnappten, sahen wir etwas, was uns im Nachhinein dann doch sehr zu denken gab. Denn, kaum war der Genosse unten aus dem Haus und auf den Bürgersteig getreten, blickte er sich um, als wäre wer hinter ihm her, lief übermütig los, ganz das blöde Kalb dem nächsten Auto beinahe vor den Kühler. Nur um dann die Tür der nächsten Telefonzelle an der Ecke mit solcher Wucht aufzureißen, dass wir es bis hoch zu uns haben krachen hören.

Gern hätten wir mitgehört, ihr sicherlich auch!

Jedenfalls führte HA zwei Stadtgespräche (2 x 2 Groschen eingeworfen). Das erste kurz, wie auf dem Mond. Hing den Hörer so ein, dass er die Gabel verfehlte. Das zweite länger, heftig gestikulierend mit der freien Hand. Wahrscheinlich mit seiner Frau, es war spät geworden bei uns! Dann ins nächste Taxi, wo er doch so knapp bei Kasse ist!

Behalten wir ihn im Auge, meinte meine Sekundantin, Anwärterin auf den Posten unserer Tscheka. Sie übertreibt natürlich. Eine Gefahr geht jedenfalls nicht von ihm aus. Kann ja auch bei uns nichts werden.

4

Zellen innen

Auch von innen sehen sie alle gleich aus: Die schmale Pritsche, das Klo ohne Brille, das kleine, vergitterte, zum Raus-Sehen viel zu hoch angebrachte Fenster. Kaum ist man drin, schon will man wieder raus. Rennt rum, tritt gegen die Tür. Nimmt den Kopf wieder hoch und sieht dem kleinen bösen Auge ins Auge der Zellentür.

Das dir zu verstehen gibt: Nur weiter so, Idiot!

Wie muss das erst im Zuchthaus sein. André befand sich vorerst nur im Gewahrsam der Polizei. Noch war er nicht verurteilt. Wie lange noch? Was hat er mit der Polizei zu tun?

Wer lässt sich schon gerne anpöbeln? Nur weil man im Sommer in Kreuzberg ein Kinderfest feiern will. Wo man sich dann in der Naunynstraße Folgendes von ihren Anwohnern anhören muss:

IHR ROTEN DRECKSÄUE, IHR

GEHT DOCH RÜBER

AB INS GAS MIT EUCH

Bald flogen Bierflaschen durch die Luft und Luftballons vorzeitig in den Himmel über Kreuzberg. Mütter empörten, Väter wehrten sich. Wie André, kein Muskelprotz, aber auch kein schmales Hemd, warf er sich einem Pöbelheini entgegen und flog sofort auf die Schnauze. Rappelte sich hoch, schlug zurück und schon war sie mal wieder dabei, die liebe Polizei. Nahm ihn fest und führte ihn in eine ihrer bereitstehenden Wannen, wie die VW-Busse der Bullen auch von anderen Kreuzbergern genannt wurden.

„Warum haben Sie angefangen, mit der Schlägerei?", fragt der Wachhabende auf dem Revier André.

„Weil ich meine Frau mit unserem Baby auf dem Arm vor diesen Schlägertypen schützen wollte."

„Sagen Sie", sagt der Beamte. „Na gut, das werden wir dann ja sehen. Und auf Andrés Frage nach einem Anwalt: „SCHNAUZE!"

André hätte sich jetzt auf die Pritsche legen können. Lieber steht er, stundenlang. An der nackten, grauen Zellenwand, mit lauter bunten Schweinereien dran. Und heiß ist's hier auch, in der ersten Zelle seines Lebens.

Müde?

Nein, gar nicht.

Mao?

Was sucht der denn hier?

Mao mit einem Berliner Kindl in der Hand? So weit kommt es noch. Und prostet mir jetzt auch noch zu. Molle mit Mao, Genossen! Hört ihr? Stellt euch das mal vor. Wer wird mir das glauben? Nimm jetzt endlich die Brille von der Nase und putze sie mal, bevor du entlassen wirst.

„Wir haben Ihre Angaben zur Person inzwischen überprüft. Sie können jetzt gehen. Die Anzeige wegen Erregung eines öffentlichen Ärgernisses wird Ihnen zugestellt."

Schon im Gehen, in Andrés Rücken: „Das nächste Mal nehmen sie gefälligst Ihren Personalausweis mit! Es sei denn, Sie wollen sich unsere Zellen noch einmal von innen ansehen."

Wollte André das denn?

Jedenfalls dauerte es nicht lange, und schon war er wieder drin. Stand über dem Klo ohne Brille, sah zu dem immer noch zu hoch angebrachten Gitterfensterchen. Trat aber nicht mehr gegen die Tür und ignorierte das Glasauge.

Selber schuld!

Bin ich das?

Bethanien, das alte, schöne Krankenhaus in Kreuzberg, sollte abgerissen werden und war doch noch so gut in Schuss. Ein paar Bauarbeiten hätten ihm gutgetan. Und dann hätte dieses Haus weiter dem Volk der Kreuzberger gedient.

KAMPF DEM ABRISS DES BETHANIEN!

NIEDER MIT DER GESUNDHEITSPOLITIK DES BERLINER SENATS!

Was tun?

Wenn der Senat nicht will, was Mao mit seinen Dienern will?

BETHANIEN BESETZEN!

Um der marxistisch-leninistischen Gesundheitspolitik auf die Sprünge zu helfen. Wobei André folgende Rolle zugeteilt wurde: Du verrammelst die Tür zum Dachboden von innen. Und hältst die Stellung von innen. Stoppst die Bullen! Das tat André dann auch, zusammen mit seiner Assya. Die hatte es inzwischen bis in die Partei geschafft. Hatte also auf dem Dachboden das Sagen, über ihren Lover aus einer der Massenorganisationen.

„DIEN' DEM VOLKE!"

Fauchte sie und legte sich Andrés Hände von hinten auf die vollen Brüste.

TIEEEFER!

Und dann?

Dann kamen die Bullen, brachen die Tür auf, nahmen die Stellung kampflos und jagten die Liebenden wie tolle Hunde runter vors Bethanien. Wo man zwei Hausfriedensbecher gebührend in Empfang nahm. Assya wehrte sich wie eine Löwin, fiel auf den Rücken. André kam ihr zu Hilfe, stürzte auf sie drauf. Dank mehrerer Polizeiknüppel. Handschellen schmerzten an den Handgelenken auf seinem Rücken nun.

Ferner Dachboden!

Wie fern jetzt auch immer, es war das Dach der Welt gewesen.

Zwei Anzeigen ließen nicht lange auf sich warten: Eine wegen Hausfriedensbruch, die andere wegen Gefangenenbefreiung. Aber, wandte André bei seiner ersten Vernehmung gegen die zweite Anzeige ein: Die Gefangene war doch noch gar nicht gefangen! Worauf der Wachhabende, eher vergnügt, als verdrossen nur antwortete: Das, Herr Herbst, lassen Sie mal ruhig unsere Sache sein!

Beide Anzeigen wurden fallengelassen, nicht so jene, wegen der er mittlerweile zum dritten Mal eine Zelle von innen sah. Mit der Aussicht, auf 450 DM Geldstrafe, wahlweise abzusitzen, bei einem Tagessatz von 15 DM. Lächerlich, eigentlich. Und doch, woher nehmen das Geld? Und einen ganzen Monat alleine im Gefängnis? Und für was oder gegen was denn nun schon wieder?

POLIZEITERROR

Polizeibeamte schossen scharf und auch mal blindlings los.

Ja, so war das mal.

Und kommt hoffentlich nie wieder.

Dass in Frankfurt einer bei Rot über die Straße ging und das mit seinem Leben bezahlte. Dass in München einer die nächtliche Durchsuchung seines Hauses nicht überlebte. Dass in Duisburg ein Lehrling zu schnell mit seinem Moped und ein anderer ein Autoradio geklaut hatte. Und Bums und Aus und Vorbei mit so einem jungen Leben.

Ja, und dann war da noch was. In Duisburg war's. Der Fall eines unglücklichen Frührentners, den die Polizei auf einer stürmischen Gerichtsverhandlung zu Tode gebracht hatte. Für Maoisten nicht nur in Duisburg ein Fall von Mord, keine Frage.

POLIZEIMORD

Empörten sich, schrien Tausende von demokratisch gesinnten Menschen in ganz Westdeutschland, Westberlin und Westeuropa gar. Ja, und? Was hatte Genosse Herbst, André damit zu tun? Was hatte er denn nun schon wieder angerichtet? Für seine dritte Zellenbesichtigung von innen.

Der Fall des von der Polizei erschlagenen Frührentners war ja nun wirklich empörend genug, um auf die Barrikaden zu gehen. Handelte es sich bei dem Opfer doch um einen Bluter, was sein Sohn den knüppelnden Bullen immer wieder zugerufen haben wollte.

Im Treppenhaus des Arbeitsgerichts. Auf denen der durch Polizeiknüppel Hingestürzte immer wieder mit seinem Kopf gegen das Geländer schlagen musste, sodass der Geschlagene schließlich leblos liegenblieb und auch in der Wanne der Polizei nicht mehr zu sich kam.

MÄRCHENSTUNDE IST MORGEN!

Entgegneten die Polizeibeamten dem um das Leben seines Vaters flehenden Sohn in amtlicher Gemütsruhe. Anstatt den lebensgefährlich Verletzten sofort und mit Blaulicht ins nächste Krankenhaus zu fahren.

Dreizehn Tage später war der unglückliche Frührentner gestorben.

Aber, aber, war das denn wirklich Mord? Vorsätzlicher, niederträchtiger Mord?

Ja, war es, fanden André und all die anderen, Zehntausende in der Kampagne zur Aufklärung der Ursachen, die zum Tod des Frührentners geführt hatten. Und wer das öffentlich forderte, der machte sich strafbar, der verunglimpfte die Polizei als staatliches Organ. Hatte Genosse Herbst, André, den Staat beleidigt, sich also nur dessen schuldig gemacht und saß nun nur wegen so einer Verunglimpfung auf der Pritsche der dritten Zelle seines Lebens?

Nein, nicht nur deswegen, er hatte sich Schlimmeres noch zu Schulden kommen lassen.

1. Gefangenenbefreiung, aber das hatten wir ja schon.
2. Widerstand gegen die Staatsgewalt, hatten wir eigentlich auch schon. Hatte er sich nicht schon bei der Festnahme auf jenem Kinderfest in Kreuzberg gewehrt?
3. Gefährliche Körperverletzung!

Nicht möglich!

Der doch nicht, nicht doch André Herbst.

Dieser friedlich gesinnte Vater zweier Kinder, noch dazu ein Akademiker, so einer mit Nickelbrille und halber Glatze, eine zarte Erscheinung, wie es später einmal in den Notizen des Verfassungsschutzes zu lesen sein wird, verletzt einen anderen Menschen körperlich, gar lebensgefährlich?

Unmöglich!

Warten wir's mal ab.

Außerdem: Noch ist er ja nicht verurteilt, noch drückt er sich an der nackten Wand seiner Zelle entlang. Mit ihren unmissverständlichen Kritzeleien. War wohl doch alles ein wenig zu viel für ihn, was? Muss sich hinlegen jetzt, auf die einst verachtete Pritsche. Die lange Busfahrt durch die ostwestdeutsche Nacht in den Knochen. Ohne Assya übrigens, die wollte von heute auf morgen nichts mehr mit ihm zu tun haben.

Warum denn nur?

Parteigeheimnis, oder was? André verstand die Welt nicht mehr. Sah seine Ex nicht mal mehr auf internen Versammlungen und auch auf Demonstrationen nicht. Was stimmte da nicht? Wohin war sie verschwunden? Tagelang, wochenlang. Und dann, als sie endlich wieder da war, da sah sie ihren André nicht mehr an. Existierte er einfach nicht mehr für sie. Das tat weh, sehr weh. Das war ein lang andauernder Tiefschlag für den verheirateten Genossen Herbst, André. Dem das Liegen auf der harten Pritsche gar nichts ausmachte. Im Gegenteil, liegend erinnert es sich besser.

An die Nachtfahrt gestern von Berlin bis nach Duisburg. An den Tumult vor Karstadt, die Auseinandersetzung mit der Polizei. Ein Kampf war's nun wirklich nicht. Nur einer um Flugblätter. Die nicht verteilt werden durften und doch nur den Fall des verstorbenen Frührentners als Polizeimord bezeichneten. Und den Polizeipräsidenten Duisburgs höchstpersönlich dafür verantwortlich machten. War er das denn nicht? War nicht auch der ein Mörder, der Mörder unter seinem Befehl hatte? Und warum hatte dieser Polizeioberste denn keine von ihm unabhängigen Gerichtsmediziner bei der Obduktion des armen Frührentners zugelassen? Nicht mal die Hausärztin durfte dabei sein. Da stimmte doch was nicht, und dies nicht nur in der Stadt Duisburg. Da soll wieder mal was vertuscht werden. Das kennen wir doch! Das ist die Generation Hitler und nicht nur in der Polizei der jungen Bundesrepublik.

Da schreit was zum Himmel, ja, und wie das schreit!

Die Vulgarität der erotischen Stricheleien an der Zellenwand hatte es in sich. Lauter riesengroß erigierte, explodierende Pimmel! Und bei den Mösen so gar kein Feingefühl, nur so Löcher mit harten Haaren drum herum. Und doch erregend! Warum denn nur, verflucht noch mal! André denkt an Assya. Und hat nun Lust, selber sowas hin zu krakeln. Tut er sonst nicht. Ist nicht seine Art.

Trotzdem!

Aber, aber, hat vorhin doch nach seiner Vernehmung, auch seinen Stift abgeben müssen. Warum denn das, hat er den Vernehmenden gefragt.

„Ja, wer weiß schon, was Sie damit noch alles anrichten hier bei uns im Haus. Einer wie Sie, der ist zu allem fähig! Haben wir doch gerade eben erst alle mit angesehen, vor Karstadt, nicht?"

Die Pritsche wurde härter, und ein Kopfkissen wäre jetzt ganz schön gewesen. So verschränkte André die Arme im Nacken und rekapitulierte seinen Ringkampf mit zwei, drei nicht uniformierten Männern vorhin, vor ein paar Stunden nun schon. Politische, nicht uniformierte Polizeibeamte! Einer hatte versucht, einem der Westberliner Flug-blattverteiler die verbotenen Flugblätter aus den Händen zu reißen. Ein anderer wollte diesen Genossen gerade festnehmen. Einen von Andrés Studenten aus dem Seminar „Krieg und Bürgerkrieg in der Weimarer Republik". Und dieser brave Sympathisant, der war mit André und anderen Genossen durch die deutsch-deutsche Nacht gebraust: um die Ursachen, die zum gewaltsamen Tod des Frührentners geführt hatten, mit aufklären zu helfen. War das nicht sein gutes Recht? Und wenn es denn kein Polizeimord gewesen sein soll, warum durfte das nicht unabhängig vom Polizeipräsidenten gerichtsmedizi-nisch untersucht werden?

Da war was faul im Staate BRD!

Tja, dann aber war es schon wieder zu spät. André musste sich dazwischenwerfen, ehe er sich versah. Zwischen den Genossen und die Bullen, und hatte den Genossen im Nu befreit, indem er den einen wegstieß und dem anderen an die Kehle ging.

Lasst ihn los, hieß das doch nur!

Mehr wirklich nicht.

Wer's glaubt, wird selig.

Jedenfalls sah der Befreite im Wegrennen, wie mehrere Bullen seinen Dozenten in die Zange nahmen. Das musste zu einem Schlagabtausch führen, der leider zu Ungunsten des Dozenten ausging, sodass er schließlich auf dem Pflaster vor Karstadt zu liegen kam. Beide Arme auf dem Rücken, die Fresse im Dreck.

Das kennen wir ja nun schon.

André zittert wieder, vor Wut. Sieht zum vergitterten Fensterchen hoch. Er hätte weinen mögen, vor Zorn und – Scham. Einfach hops hatten sie ihn genommen und nun muss er zusehen, wie er damit fertig wird. Eigentlich bin ich ja kein Draufgänger, muss mich aber immer einmischen. Kann einfach nicht mitansehen, wenn jemandem Gewalt angetan wird. Oder sonst ein Unrecht geschieht.

André fallen die Augen zu. Er träumt in Fetzen, endlich auch wieder von Assya. Wie lange er sie schon nicht mehr vor Augen hatte.

Assya – Ah!

Wo warst du so lange?

Warum siehst du mich nicht mehr?

Assya bleibt stumm, stürmt jetzt aber wie eine Furie auf André los und haut ihm links, rechts, links ein paar Ohrfeigen. Und André? Hält ihr auch noch die rechte Backe hin. Anstatt sich die Hand vors Gesicht zu halten. Denn nun, wer taucht da hinter seiner Assya auf? Niemand anders als seine liebe Frau! Und die, was macht die jetzt mit unserem ach so armen André? Die schiebt Assya sanft beiseite und flüstert heiser: „Lassen Sie mich jetzt bitte mal!"

Holt aus und scheuert ihm eine, dass ihm Hören und Sehen vergehen.

5

Freispruch mangels Beweisen

Es war nicht das jüngste, wohl aber sein erstes und hoffentlich letztes Gericht, vor dem André sich zu verantworten hatte. Gerichte kannte er nur aus Filmen. *Zeugin der Anklage,* Marlene Dietrich, der eiskalte Engel in London. André stand in Duisburg vor Gericht. Und seine Verurteilung war so gut wie sicher. Drei Aussagen der Polizei gegen die des Angeklagten. Das war ungünstig für André. Sein Anwalt aber, der wollte keine weiteren Zeugen. Warum denn nicht?

„Weil das deinen Fall nur kompliziert. Zu verfänglich, für dich", entschied der Anwalt. „Die Aussagen der Polizei wiegen schwer genug. Weshalb wir besser deren Widersprüche aufdecken. Und uns nicht in unseren verwickeln dürfen, verstehst du? Aber, wir werden das Kind schon schaukeln! Und du, du hältst dich ganz zurück. Lässt mir deinen Mao nicht von der Leine!"

Das Publikum war gemischt. Die Genossen aus Westberlin saßen in den hinteren Reihen und waren sich ihrer Sache sicher: Der Genosse Herbst hat sich wacker gehalten gegen eine polizeiliche Übermacht und wird nun verurteilt dafür. Kennen wir doch:

NIEDER MIT DER BÜRGERLICHEN KLASSENJUSTIZ!

Da erscheint der Richter, ein gemütlich aussehender, schon etwas älterer Herr und gebietet Ruhe mit kleiner, weißer Hand. Der Staatsanwalt, ein jüngerer, schneidiger Mann (schlecht verheilte Narbe quer über die Backe), blättert nervös in seinen Unterlagen. Der Angeklagte wird aufgerufen, seine Identität wird bestätigt. Er hört sich an, was gegen ihn vorgebracht wird. So, als wäre sein Fall schon abgeschlossen.

„… einem Amtsträger, der zur Vollstreckung von Gesetzen berufen war, bei der Vornahme einer solchen Diensthandlung mit Gewalt Widerstand geleistet und ihn dabei tätlich angegriffen zu haben."

Da wird es endlich ganz still im Gerichtssaal. Unangenehm still.

„Zur genannten Zeit fand auf der Königstraße gegenüber dem Gerichtsgebäude aus Anlass der an diesem Tage gegen einen Professor aus Berlin wegen Verunglimpfung des Staates und Beleidigung in Zusammenhang mit dem Tod des namentlich bekannten Frührentners eine verbotene Flugblattverteilung statt …"

Der Staatsanwalt näselt, wie sich im Lauf der Verhandlung herausstellen wird. André gähnt, ohne sich die Hand vor den Mund zu halten und ist nicht bei der Sache. Er ist ganz woanders. Ist in Gedanken mit seiner Ex-Freundin und hört sich deren Anklage an:

„Scheinheiliger, du! Mit deiner heilen Familie. Entweder die oder ich, Genosse Herbst, André."

André hört sich seine Erklärungen und Entschuldigungen an. Seine Bitten um Verständnis, für seine Lage als Familienvater. Assya bleibt unerbittlich und André ist verurteilt.

„Teilen kann ich dich nicht!"

Assyas letztes Wort macht es André leichter, in den Gerichtssaal zurückzufinden.

„Anlässlich der Verteilung besagter Flugblätter sind Sie, Angeklagter Herbst, tätlich geworden."

Der Anwalt blättert in seinen Unterlagen. André fängt an, auf seinem Stuhl zu kippeln.

„Nachdem einer der Demonstranten aus polizeirechtlichen Gründen festgenommen war, versuchten Sie, Angeklagter Herbst …"

André fühlt sich nun endlich doch direkt angesprochen und hört auch auf zu kippeln. Nur das Publikum will keine Ruhe geben. Es zischt und rumort in den hinteren Reihen.

POLIZEI/MORD

„Meine Herrschaften", mahnt der Richter, „wir wollen hier doch keine Wiederholung der Zustände, die zum Tod jenes unglücklichen Mannes geführt haben."

MÖRDER/MÖRDER

So lange bis der Richter, nun gar nicht mehr gemütlich, laut in den Saal hineinruft: „Ich kann auch räumen lassen, meine Herrschaften! – Der Staatsanwalt hat das Wort."

„Sie, Angeklagter Herbst, haben die Zuführung des Festgenommenen in den Polizeigewahrsam vehement zu verhindern versucht. Völlig enthemmt sind sie auf die beiden Beamten los ..."

André fängt das Kippeln wieder an, bis er den Ellenbogen seines Anwalts in den Rippen hat.

„... indem Sie zunächst mit den Worten ‚Lasst meinen Studenten los!' den Polizeihauptmann an der Dienstkleidung zerrten, und als dieser den Angriff abwehrte, ihn sodann von hinten ansprangen und am Hals würgten."

Stille im Saal: André, Würger von Duisburg!

Auftreten der Zeugen Polizisten, einer so überzeugt von sich und seiner Wahrheit wie der andere. Der Anwalt hat Mühe, sie hinter das Licht ihrer Übertreibungen zu führen. Natürlich fühlten sich angegriffen, nachdem sie den Flugblattverteiler angegriffen hatten. Der Staatsanwalt triumphiert, der Verteidiger examiniert.

„Hohes Gericht", nimmt der Staatsanwalt das Wort, macht eine kunstvolle Pause und verkündet, maliziös: „Ich kann nicht zum Schluss kommen, ohne das hohe Gericht darauf aufmerksam zu machen, dass der Angeklagte aus dem Lager einer zur Gewalttätigkeit neigenden, linksextremen, verfassungsfeindlich gesinnten Gruppierung kommt."

Der Anwalt runzelt die Stirn, hebt die Hand.

„Einspruch!"

Einspruch vom Richter abgelehnt.

André hat Mühe, bei seiner Sache zu bleiben. Stimmt eigentlich, durchfährt es ihn. Neigen wir denn nicht zur Gewalt? Lebt nicht verkehrt, wer sich nicht wehrt? Wer könnte nicht so fragen? Ich schon gar nicht.

Tritt vor, wer gewaltfrei ist!

Das Gericht geht weiter an André vorbei.

Der Mann in Moabit damals, der war nicht gewaltfrei. Der hatte das Schaufenster des Kinderladens mit Füßen traktiert und André war allein mit seinen Kinderchen. War wieder besoffen, dieser Kerl. Und wenn der besoffen ist, ist die ganze Straße sein Privatbesitz. Bürgersteig inbegriffen, auf dem die Kinder spielten. Die er herumschubst, bis André vor ihm steht. Da brüllt der Kerl: „Rotznasenvater du! Hau ab nach drüben, rüber über die Mauer. Mauermörder! Stalinistenpack."

Muss man sich sowas gefallen lassen? Soll André sich sowas bieten lassen? Als wehrhafter Mann und Marxist-Leninist, als der er sich fühlte. Nein, da musste es ihn ja packen. Angst in den Augen der Kinder.

TU WAS!

Was aber, was wirst du jetzt tun müssen, Väterchen André?

Wehren musst du dich: Hau ihm eine!

Und schon hatte der Saukerl von Alt-Nazi und Antikommunist eins unterm Kinn.

Avanti Populo!

Wie schnell das ging. Wie er ausgeholt hatte, aus tiefer Schulter ist die Faust dem Ellbogen hinterher, flog der ganze rechte Arm ins Gesicht des armen Proleten. Dass es den lang nach hinten hin, ein Glück aber nicht auch noch mit dem Kopf, aufs Pflaster schlug.

Reif für die BILD-Zeitung, das Blatt für das Volk:

MAOIST ERSCHLÄGT MOABITER VOR KINDERLADEN!

Noch am selben Abend tagte der Elternrat, stellte eine Mutter André als Macho an den Pranger. Nichts als Verachtung in ihren rehbraunen Augen.

„Der Angeklagte hat das Wort!"

Mao hält das Maul jetzt, verstanden? Blitzen die Augen des Anwalts. Es grölen die hinteren Ränge. André weiß nicht mehr so recht, wo er eigentlich ist:

NIEDER MIT DER BÜRGERLICHEN KLASSENJUSTIZ!

„Noch ein Wort von Ihnen da hinten, meine Damen und Herren, und ich mache wahr, was ich schon einmal angekündigt habe. Dann sind Sie draußen, ein für alle Mal! Überlegen Sie sich das gut, Herrschaften! – Der Angeklagte hat das Wort. – Ruhe jetzt!"

Der Richter schlägt das Holz unter seiner Hand so hart, dass es ihn an der Stirn erwischt. Ein Hammerschlag.

Wo ist die Sichel?

Wehe du fängst jetzt an zu stottern!

Worte, meine Worte, wo bleibt ihr denn? Und dann diese Stimme, dieser Tonfall, den er noch nie in sich gehört hatte. So also, so konnte er auch reden.

„Auf mein Ehrenwort, Herr Richter.

Wirklich gewürgt habe ich in meinem Leben noch niemanden. Ich doch nicht! Und warum sollte ich den Kollegen Hauptmann von der Polizei denn auch gleich erwürgen wollen. Der Hauptmann hat übertrieben, Herr Richter. Ich bin ihm doch nur ganz kurz und nur einmal an die Kehle. Wo sollte ich denn sonst hin fassen? Aber, Herr Richter, ich bin ja noch nicht mal richtig rangekommen, an seine Kehle. Seinen Nacken, nur seinen Nacken hatte ich in meinen beiden Händen."

Unangenehm, wirklich wieder so unangenehm, diese Stille.

„Und, mal ehrlich, Herr Richter: Wozu einem Polizisten gleich an die Gurgel? Wegschubsen wollte ich ihn, damit der Flugblattverteiler wieder freikommt. Mehr war es doch nicht, Herr Richter."

Sofortiger, heftiger Einspruch des Anwalts!

Zu spät!

Also doch Gefangenenbefreiung?

Der Staatsanwalt grinst so sehr in sich hinein, dass sein schlecht vernarbter Schmiss rot anschwillt.

„Na, bitteschön, da haben wir's doch", nuschelt er.

André hat kapiert, er hat sich ein juristisches Bein gestellt. Es hatte ihn übermannt. Noch in der jähen Erinnerung: Diese rasende Freude nach der Überwindung der Angst.

EINGREIFEN

Sich nicht einschüchtern lassen, von keiner Übermacht. Dafür gehe ich glatt ins Gefängnis! Und bereue nichts.

„Meine Damen und Herren", nutzt der Richter Andrés Atempause.

„Wir haben jetzt schon Mittag. Zeit für eine kleine Pause, die wird uns allen sicher guttun. Wir sehen uns in einer halben Stunde wieder, meine Damen und Herren."

André rennt sofort raus, kein Auge für seinen Tatort vor Karstadt, und rein in die nächste Stampe auf ein Bier, dazu einen Korn.

„Und sowas", meldet sich ein Mann an der Theke zu Wort, „nennt ihr in Berlin dann ‚Molle mit Korn', nicht wahr?"

„Wie kommen Sie denn darauf? Wenn ich mal fragen darf."

„Darfst du, mein Junge. Weiß ja Bescheid, wo einer wie du herkommt. Hab alles mit angehört. Euren Rummel um einen armen Frührentner. Euer Gezeter um Maos Schlageter! Und sowas darf unsere Kinder fortbilden. Spießgesellen eines Diktators in unseren Schulen und an unseren Universitäten. Wo gibt's denn sowas, in einer Demokratie? Recht geschieht dir! Hoffentlich verknacken sie dich."

André zuckt zusammen, trinkt aus, steht auf, bleibt stehen, hätte beinahe zu zahlen vergessen, zückt sein Portemonnaie, geht und kocht vor sich hin.

Der Richter, bestens gelaunt, eröffnet die Sitzung und fragt den Anwalt höflich nach weiteren Beweismitteln, eventuell noch zu vernehmenden, vorzuladenden Zeugen. Der Anwalt schüttelt den Kopf. Der Richter wendet sich an den Staatsanwalt, der schüttelt ebenfalls mit dem Kopf. André atmet hörbar auf: Gleich ist Schluss mit diesem Stuss.

Nichts da und noch lange nicht, Genosse Herbst!

Plötzlich erhebt sich der Polizeihauptmann und will unbedingt noch mal gehört werden. Der Richter zögert, sieht auf die Uhr, blickt sich um im Saal seines Gerichts und gibt dem Gerichtsdiener ein lässiges Zeichen mit seiner kleinen, weißen Hand, worauf der Weg für den Polizeihauptmann frei ist.

„Erlauben Sie mir bitte, Herr Richter, ich muss unserem Angeklagten, dem Herrn Herbst, jetzt doch noch mal was ganz Persönliches sagen."

Der Richter runzelt die Stirn, lehnt sich zurück in seinem hohen Stuhl und sagt, sowas sei jetzt eigentlich nicht mehr vorgesehen. Und fordert den Polizeihauptmann auf, doch bitte wieder Platz zu nehmen. Eine Aufforderung, der der Polizeihauptmann nicht nachkommt. Stattdessen geht er vor bis direkt vor den Angeklagten und greift in seine Brusttasche – André duckt sich, instinktiv. In Erinnerung an die Mündung des Revolvers letzte Woche. Mit dem ihm ein Taxifahrer beim Rote-Fahne-Verkauf gedroht hatte. Vor dem Urban-Krankenhaus.

Der Polizeihauptmann, mit halb erstickter Stimme, BILD in der Hand: „Hier, Herr Herbst! Lesen Sie mal, das ist was für Sie: Akademiker in Peking zu Tode geprügelt.

Von Leuten wie Sie, Rotgardisten! Lesen Sie wohl nicht, sowas. Was?!"

Der Polizeibeamte geifert: „Nichts als Antikommunismus, was? Aber das sind doch Ihre Gesinnungsgenossen, diese Rotgardisten, Herr Herbst. Oder etwa nicht?

Und Sie, ausgerechnet Sie wollen uns vorschreiben, wie wir, auf das Grundgesetz des Rechtsstaats der Bundesrepublik Deutschland vereidigte Kollegen von der Polizei, für Recht und Ordnung zu sorgen haben? Das wollten Sie und Ihresgleichen doch immer schon, Herr Herbst!"

Immer noch wedelte die Bildzeitung vor seinen Augen. Bis der Polizeihauptmann sich umdreht und hustend zurück auf seinen Platz findet, mit einem hochroten Kopf übrigens. Kaum sitzt er wieder und hat die Arme vor der Brust verschränkt, da schnauft er noch einmal auf und muss sein letztes Wort loswerden.

„Sie haben wohl nicht mehr alle Tassen im Schrank, was?"

Will noch mal hoch, wird aber auf den Wink des Richters von einem Gerichtsdiener in seinen Stuhl zurückgedrückt. Doch im Gerichtssaal geht jetzt die Hölle los. Alle reden auf einmal, schimpfen und fluchen. Eigentlich eine gute Gelegenheit für den Richter, sich zur Urteilsfindung zurückzuziehen. Dann aber wäre der Staatsanwalt nicht zu seinem Schlusswort gekommen.

„Hat der Kollege von der Polizei nicht Recht, Herr Richter?", ruft er in den abebbenden Lärm. „Ich hätte hier auch noch was, das der Wahrheitsfindung dienlich sein könnte. Darf ich?"

Der Richter lehnt sich resigniert zurück, und der Staatsanwalt legt los.

„Ich dachte schon, ich könnte drauf verzichten. Auf ein besonderes Beweisstück. Aber die Stimme des Volkes, die uns soeben zu Gehör gebracht wurde, die hat mich ermutigt, wenn ich Ihnen das gestehen darf, den folgenden Beweis zu führen. Hören Sie bitte alle genau zu, was ich Ihnen hiermit zur Kenntnis bringen werde.

,Deshalb wird es unsere Aufgabe sein, allen Varianten der bürgerlichen Ideologie in Ausbildung und Wissenschaft entgegenzutreten, ihren apologetischen Charakter vor der Masse der Studenten zu entlarven und der Masse der Studenten zu zeigen, wo ihre politischen und wissenschaftlichen Interessen tatsächlich verwirklicht werden – an der Seite der Arbeiterklasse im Kampf für die Brechung des Bildungsmonopols der herrschenden Klasse durch den Sturz ihrer Ausbeuterordnung und im Kampf für eine Ausbildung im Dienste des Volkes.'"

„Herr Staatsanwalt, wo haben Sie das denn her, wenn ich mal fragen darf?", fragt der Richter.

„Aus der Zeitschrift WISSENSCHAFT IM KLASSENKAMPF des Kommunistischen Studentenverbandes, Herr Richter", antwortet der Staatsanwalt.

Worauf der Verteidiger Einspruch erhebt, der abgelehnt wird.

Wogegen die hinteren Ränge lautstark protestieren.

„Wissenschaft im Klassenkampf, wo gibt's denn sowas, Herr Staatsanwalt?"

„Das habe ich mich auch gefragt, Herr Richter. Inzwischen weiß ich es aber, im Kopf des Angeklagten nämlich."

André wird rot.

Der Verteidiger erhebt Einspruch, Einspruch abgelehnt.

„Woher wissen Sie das so genau, Herr Staatsanwalt? Ist, was Sie uns da soeben dargeboten haben, denn namentlich gezeichnet?"

„Nein, in dieser Zeitschrift zeichnet niemand mit seinem Namen. Da bleibt alles anonym, und namentlich ist alles nur auf den Hauptverantwortlichen einer Abteilung Agitation und Propaganda zurückzuführen."

„Und woher wissen Sie dann, dass das von Ihnen Verlesene vom Angeklagten verfasst worden ist?" Hakt der Richter nach.

„Das weiß ich eben, Herr Richter!", behauptet der Staatsanwalt.

„Woher denn, Herr Staatsanwalt?" Richter gibt nicht nach.

„Das zu sagen, bin ich nicht befugt, Herr Richter."

André fängt das Kippeln wieder an. Was sein Verteidiger mit einem Rippenstoß beendet und dabei lächelt. Mühsam lächelt sein Mandant zurück.

Missbilligend schüttelt der Richter mit dem Kopf. Was den Staatsanwalt nicht beeindruckt. Es ist ihm anzusehen, er ist jetzt endlich in Höchstform. Und liest weiter aus WISSENSCHAFT IM KLASSENKAMPF.

André würgt es, als ginge es ihm jetzt an die Kehle. Wie dem Wolfsblut (Jack London)! Dem Wolf, mit einer Bulldogge am Hals. Die er hilflos durch Schnee und Eis schleift. Der Leser ahnt, der Wolf wird diesen Kampf verlieren. Gegen eine Bulldogge mit Kinnladen wie Felleisen an seiner Halsschlagader.

„Und, Herr Richter, ich will es kurz machen und zum Schluss kommen."

„Bitte, Herr Staatsanwalt. Nun machen Sie schon!"

„Mache ich, mache ich äußerst gern und bitte nun zum letzten Mal um Ihre höchstrichterliche Aufmerksamkeit für folgende Zeilen, die der Angeklagte als verantwortlicher Redakteur einer Zeitschrift KUNST UND GESELLSCHAFT zu verantworten hat und dafür zur Rechenschaft gezogen werden muss. Hören Sie bitte alle, meine Damen und Herren, auch Sie dahinten, gut zu."

JOHLEN!

„,Mao Tse-tung betonte, dass man auf seine eigene Kraft vertrauen, dass man auf die Massen vertrauen muss und von ihnen lernen muss, um sie führen können.'"

Der Staatsanwalt holt Luft, übrigens auf eine schier unnachahmliche Art und Weise. Nämlich zwischen seine leicht auseinanderstehenden oberen Schneidezähne hindurch.

„Ich erspare Ihnen jeden Kommentar über die grauenvolle Wirklichkeit dieser Führung, insbesondere was sie in den 50ern, während des sogenannten Großen Sprunges in China, zu vertuschen und doch zu verantworten hat. Hören Sie weiter:

‚Ein kleines Volk kann eine Großmacht besiegen, wenn es sich fest zusammen-schließt.‘

Hat nicht der Sieg der Völker Indochinas die Wahrheit dieser Aussage Mao Tse-tungs bewiesen, meine Damen und Herren? Herr Richter? Das Volk von Kambodscha ist von Pol Pott und seinen Roten Khmer so fest zusammengeschlossen worden, dass sie Millionen Tote hinterlassen haben.

Zurück zum Angeklagten!

Gestützt auf das von ihm als Redakteur namentlich zu verantwortende Denken und Schreiben, halte ich die prinzipielle Bereitschaft des Angeklagten für die Anwendung von Gewalt am Tatort vor dem Kaufhaus Karstadt in unserer Stadt Duisburg für erwiesen."

Der Verteidiger plädiert auf Freispruch, und das Gericht zieht sich zur Beratung zurück.

Und der Angeklagte? Was macht der jetzt?

Der bleibt sitzen und kippelt weiter. Im Kopf die Begründung für seinen Freispruch: Nicht eine der Anklagen hat sich als stichhaltig erwiesen! Kein Würgemal ist am Hals des Polizeihauptmanns festgestellt worden, auch keine weiteren Beweise für eine begangene Körperverletzung. Gefangene wurden nicht gemacht, also auch keine befreit. Bleibt der Widerstand gegen die Staatsgewalt, aber auch der müsste ja bewiesen werden.

Auf dem Gang läuft alles durcheinander, gehen die Zeugen dem Angeklagten aus dem Weg. Umringt von seinen treuen Genossen und Genossinnen, drängt sich ein alter Mann mit langem Bart vor und hält dem Umringten seine derbe, proletarische Faust unter die Nase.

„Sie altes Arschloch vor dem Herrn, Sie!"

André kneift seines unwillkürlich zusammen und ballt die Faust in der Hosentasche. Sein Anwalt lächelte ihm beschwichtigend. zu Der Rentner geht seines Weges. Im Wissen, dass er Recht hat.

„Jetzt mal was andres, André."

„Was denn jetzt noch? Hast du etwa den einzigen Zeugen vergessen, der für mich hätte aussagen können?"

„Mach dir keinen Kopf. Ich denke, ich habe das gut gedeichselt. Man wird dich freisprechen, wenn auch mangels Beweisen. Anders kommen wir da nicht raus aus deiner Geschichte. –

Nein, es geht um was ganz andres, André. Deine Frau hat mich heute früh noch angerufen, bevor ich in Berlin aus dem Haus und raus zum Flughafen bin."

„Warum denn das?"

„Wegen der Wohngenossin."

„Wegen was?"

„Tu jetzt bitte nicht so. Sie war wirklich verzweifelt."

„Diese Genossin ist doch schon längst wieder ausgezogen."

„Ja, noch am selben Morgen, nach eurer Nacht, neulich am Schlachtensee. Vollmond, Nacktbaden und Schöneres noch, vermute ich mal."

„Richtig!"

„Aber gestern Nacht hat diese Genossin ihren Kopf auf die Schienen der S-Bahn gelegt. Und heute Morgen am Telefon war deine Frau nicht nur schwer geschockt. Sie will sich nun endlich doch von dir scheiden lassen."

Der Anwalt sagt das einfach so und zündet sich einen Glimmstängel an, der zwischen den Lippen klemmt, trotz Rauchverbot auf dem Gang des Strafgerichts.

André dreht sich um, geht raus und rüber in die Kneipe.

6

Vor Gotha war's

Sein Käfer brettert mit hundertdreißig Ka-em-ha über Hitlers von Honecker vernachlässigte Autobahn. Sollen sie nur büßen, die Westler für ihren Kapitalismus. Ostler verfluchen den Sozialismus. Andrés Frau schläft auf dem Beifahrersitz, nach einem langen Tag in einer Kreuzberger Grundschule, anschließend Gewerkschaft. Kinder zu den Großeltern und dann los. Wenn ein nicht abgeblendeter Scheinwerfer von der Gegenfahrbahn über ihr Gesicht huscht, zittern die Lider über ihren grünen Augen. André wartet ab, auf den nächsten Scheinwerfer. Auf dem Rücksitz schläft ein Kollege aus Kreuzberg. Schlaglöcher sorgen für das Wachbleiben des Fahrers. Und dann muss er doch singen.

SPANIENS HIMMEL …

Seine Frau reibt sich die Augen und fragt: „Jetzt singst du wieder?"

„Muss ja! Würde jetzt auch gern schlafen."

„In Spaniens Himmel?"

André singt was Anderes.

WACHT AUF, VERDAMMTE DIESER ERDE …

Kurz vor Anbruch jener mondfinst'ren Nacht hatte André den Käfer noch mal vollgetankt, mit billigem DDR-Sprit. Und jetzt nur noch durchfahren bis Düsseldorf. Wegen der Trauerfeierlichkeiten für Mao.

„Wir fahren durch bis morgen früh und Bummsvallera!"

Kein Karneval, nur so eine Stimmung. Müde und aufgekratzt. André starrt schnurgeradeaus, auf diese Holperbahn mit ihren verdammt hartnäckigen Rillen zwischen den Betonplatten. Trotzdem nickt er immer wieder weg. Und vergisst, abzublenden.

ACHTUNG WILDWECHSEL!

,Pass auf die Bachen auf, um diese Jahreszeit. Im Herbst sind sie unterwegs', so hatte der Großvater es ihm noch am Nachmittag mit auf den Weg gegeben.

BUNT SIND SCHON DIE WÄLDER

(Noten)

GELB DIE STOPPELFELDER

(Noten)

UHUND DER HERHERBST BEGINNT

(Noten)

Radio wäre jetzt auch nicht schlecht. Aber, seine Beifahrer schlafen so schön. André muss wachen bleiben und sich ablenken. Ja, das mit der Wohngenossin. Was war das wieder mal schön. Wie sie sich hinterher nicht ihrer, sondern seiner Hose den Reißverschluss hochzog und mir ihre Hose – verkehrt rum – zugeknöpft hat in unsrer Sommernacht am Schlachtensee.

Schelmin, Schalk in den Augen!

Ihr Lachen war in kleinen Wellen über den Mondschein auf dem Wasser dahingeglitten. Schon lange nicht mehr so übermütig gewesen – wie mit der Wohngenossin. Und dann ist sie doch auf die Schienen: Warum, mein Gott! Warum? Was war denn los mit ihr? Kein Wort hat sie darüber verloren. André schaudert's! Er kneift die Augen zusammen. Was nicht so günstig ist bei 130 Sachen.

Mach die Augen auf, Menschenskind!

André hatte seinen Fuß auf dem Gas vergessen und tritt jetzt erst auf die Bremse, viel zu stark. Der Käfer schleudert. Ein Scheinwerfer von vorne, einer im Rückspiegel. Blinkt auf und ab. Was soll denn das? Warum überholt der nicht? Ist eine Streife?

Volkspolizei!

Jetzt bist du dran, André.

Gleich wollen die einen Hunni West von dir. Und du hast nur einen müden Fuffzjer in der Tasche. Immer noch so knapp bei Kasse, mit deinen 35 Jahren.

Als es auch schon aus und alles zu spät war. Auch für das Wildschwein, das ihm von rechts aus dem Walddunkel in den Kotflügel lief.

KOTFLÜGEL

Was für ein seltsames Wort.

Was für ein sinnloser Volant auf einmal. Es kurbelte so leer in seinen Händen.

ANDRÉ, LASS DAS KURBELN SEIN

Nimm lieber die Hände vors Gesicht.

Achsenbruch, wird man hinterher festgestellt haben.

Noch rutscht, rollt, überschlägt sich der Käfer bis über die Gegenfahrbahn. Kein Gegenverkehr zum Glück. Das den Käfer nur mit dem Heck gegen einen Apfelbaum schleudert. Dessen Äpfel nur so runter prasseln, auf den Käferbauch mitten in der Nacht. In der Andrés englisches Jackett, sein kleiner Chic, den Weg durch das Heckfenster bis auf einen Apfelbaumast geschafft haben muss. Ähnlich wie der Genosse auf dem Rücksitz, den es bis unter ein weiter abgelegenes Gebüsch verschlagen hat.

Alles so seltsam, so wirklich unwirklich.

Wie der Frontscheibenglasschnee in den Gesichtern der beiden auf den Vordersitzen. Kopfüber sitzen sie in ihrem Käfer. Zaust die Beifahrerin sich die Splitter aus den Haaren. Wozu André schon nicht mehr in der Lage ist.

Oder die Notärztin etwas später, im Blaulicht der Ambulanz auf dem Weg nach Gotha.

„Und das andere Auto?", fragt jemand der ratlos um den auf dem Rücken liegengebliebenen Käfer Herumstehenden. Er hat ihn noch vor Augen, wie er über seine Fahrbahn geschliddert ist.

„Es gibt kein anderes Auto", meldet einer der beiden Volkspolizisten.

„Aber das Wildschwein, weiter oben auf dem Grünstreifen", informiert der andere Vopo. Und leuchtet sie alle mit seiner Stablampe ab.

„Wo ist Heiner?"

„Hier, hier bin ich doch", ruft der Kreuzberger Kollege wie selbstverständlich von unter seinem Gebüsch. Wo man ihn jetzt erst findet.

Stablampenkegel huschen um den Apfelbaum und all seine nächtlichen Besucher. Zwei Bahren, Blaulicht und ab nach Gotha.

„Wo wollten Sie eigentlich hin, wenn ich Sie jetzt schon mal fragen darf", bemühte sich die Notärztin nun auch um die immer noch schwer atmende Beifahrerin.

„Ich zu Verwandten in Düsseldorf, mein Mann zu Mao."

„Wohin wollte der? Zu Mao Tse-tung? Warum denn das, um Himmels willen?"

7

Lost Story

Alles ist weit weg und verschwommen.

Ich liege auf dem Rücken und dämmere wie unter Schnee. Da setzt sich jemand zu mir, auf den Rand meiner Bahre. Was ist passiert?

„Wach auf, André!"

Will sprechen, kann aber nicht sprechen, nur meine Lippen. Was ist los? Es ist furchtbar.

„Was fragst du, wer ich bin? Der, der dir alles eingebrockt hat. Bis heute Nacht, bis vor den Unfall. Und jetzt musst du bitte wieder aufwachen, André!"

Verdammt weit weg, diese Stimme.

Und dieser Durst!

„Denkst vielleicht, dass du sie jetzt auch noch auslöffeln musst. Meine Suppe."

Was redet der denn?

Ich habe doch ganz andere Probleme. Ich ziehe was an meinen Haaren herbei, was Schweres. An jedem Haar hängt was Schweres und das schleppe ich hinter mir her. Es ziept nicht nur, es zerrt, es reißt mich hoch, weg von mir. Wehe, ich gehe jetzt ganz weg. Will hierbleiben.

Wo bin ich?

„André, ich erzähl dir jetzt was. Bis der Arzt kommt. Ja? –

Es ist die Geschichte einer schönen Frau. Sie hat ein ovales Gesicht, mit hochgeschwungenen Brauen. Augen, große und dunkle Mandeln ohne Wimpern. Nackte Augen und eine längere Nase über ihrem Mund, mehr Unter- als Oberlippe. Tochter aus gutem Hause in Suzhou, in der Provinz Jiangsu. Rennt mit sechzehn in den kommunistischen Untergrund und wird Journalistin. Arbeitet auf dem Land und hilft mit, die Leute zu reformieren. Wobei sie nicht umhin kommt, Großgrundbesitzer zu demütigen, zu quälen und zu töten. –

Hörst du, André? – Wach doch bitte wieder auf!"

Was erzählt der mir da? Ich bin so müde und darf nicht einschlafen.

„Ein Schicksal unter Zehntausenden! Nahm 1957 in der Peking Universität Teil an der Hundertblumenkampagne teil, kritisierte die Partei und wurde dafür bestraft. Muss Moskitos töten und alte Zeitungen katalogisieren.

Jetzt wehrt sie sich.

Kritisiert die Partei und ihre Führung wegen ihrer Politik des Großen Sprungs, die 50 Millionen Menschen das Leben gekostet hatte. Und wird dafür mit 20 Jahren Zuchthaus bestraft. Wo sie im christlichen Glauben Trost findet und sich weiter wehrt. Am 5. Dezember 1966 wird sie des schweren Verbrechens der Feindschaft und Verleumdung der Großen Kommunistischen Partei Chinas und ihres Großen Führers Mao Tse-tung angeklagt. Hier die Verbrechen im Einzelnen:

1. Feindschaft und Hass gegen die Diktatur des Proletariats
2. Öffentliche reaktionäre Aufrufe, Störung der Zuchthausordnung, Aufhetzung der Mitgefangenen und Drohung exekutierte Rebellen zu rächen
3. Weigerung, ihre Verbrechen einzugestehen, sich der Zuchthausordnung zu unterwerfen …"

Wessen Hand legt sich da auf meine Stirn?

Das tut mir gut.

„Bitte nicht einschlafen jetzt, der Arzt kommt gleich. Außerdem habe ich dir meine Story noch nicht zu Ende erzählt.

Sie heißt Lin Zhao. Sie haben sie schließlich hingerichtet. In ihrer Zuchthauszelle oder auf dem Flughafen Longhua. Hier gehen die Aussagen auseinander. Fest steht nur der Tag ihrer Erschießung. Es war der 29. April 1968."[1]

Mein Geburtstag!

Ich war 27 Jahre jung und politisch im Aufbruch – zu mir und Mao. Und liege hier jetzt immer noch, hilflos auf dem Rücken. Wie so ein Käfer! Vielleicht sollte ich jetzt endlich aufwachen.

---

[1] LIN ZHAO, wurde später rehabilitiert. Aber, als einige Aktivisten an ihrem 45.ten Todestag, dem 29. April 2013, an ihrem Grab in Suzhou ihrer gedenken wollten, wurden sie von Sicherheitskräften daran gehindert(Wikipedia)

Nachspiel

‚Max und Moritz', so heißt das Stammlokal der Veteranen Maos in Kreuzberg. Hier wird nicht nur Bier getrunken oder mit den Fingern gehakelt, hier wird politische Vergangenheit verhandelt. Was haben wir falsch gemacht, was können wir besser machen?

Besser?

Was war denn gut an uns?

Dass wir Mao wie eine Monstranz vor uns hergetragen und die bürgerliche Freiheit mit Füßen getreten haben? Dass wir das Erbe des Humanismus an Stalins Nagel gehängt haben und bereit waren, mit seinem unbarmherzigen Besen alles freiheitlich Demokratische raus zu fegen aus uns? Ein Glück nicht aus unserer parlamentarischen Republik! Mit ihrem nicht nur wirtschaftlichen, sondern politischen, sogenannten Wunder. Wir haben nach 1945 eben nicht nur wieder angefangen zu erobern, zu plündern und zu vernichten. Wir wollten das nicht mehr und haben endlich aufgehört damit.

Und doch reißen wir höchstens Witze über unsere eigene, totalitäre Vergangenheit, schieben unsere Schuld auf den bösen Geist der Zeit oder die Unschuld unserer Jugend. Mit Selbstkritik, Manöverkritik und anderen Mogeleien rauschten wir raus aus unserer rätselhaften, von Mao beschirmten Jugendbewegung.

Hoho, wer denkt denn so?

Es ist der Genosse Heiner, den wir zuletzt in jener Nacht vor Gotha am Rand der Autobahn in einem Gebüsch wiederentdeckt hatten, nicht weit von Andrés Käfer, der alle vier Reifen gen Himmel gereckt dalag. Auch das hat dieser Genosse nicht vergessen. Vor allem aber hat er Mao nicht vergessen. Nicht den, den auch er auf Transparenten vor sich hergetragen hatte. Wohl aber den historisch wirklichen Mao, wie er gelebt und zuletzt in seinem Machthunger zu einem millionenfachen Mörder geworden war.

Eben dies nun aber, das sollte jetzt auf den Tisch, im ‚Max und Moritz'. Komisch nur, dass er dabei weinte. Die rechte Faust hoch, in der linken eine Pappe, so kam er herein:

KEIN KOMMUNISMUS OHNE KATHARSIS!

Was soll uns das denn, Genosse, riefen sie ihm entgegen. Und warum weinst du denn dabei?

„Das sollten wir alle! Weinen, endlich weinen, auch um uns. –

WEINEN!“

Das höhnische Gelächter will kein Ende nehmen.

Grölt einer: „Wie Schlosshunde, was?“

HAHAHOHOHIHI!

„Waren wir das etwa nicht, bellende Schlosshunde?“

„Schlimmer noch, Maos Schoßhunde waren wir“, meldet sich eine Genossin, plötzlich an Heiners Seite, zu Wort. Wer ist sie? Wir kennen sie schon. Es ist Assya. Wir haben sie länger nicht gesehen und hören jetzt, wie sie Heiner beisteht und noch eins draufsetzt:

„Werwölfe mit Maulkörben, so heulten wir mit Mao.“

Trinkt ihr Glas in einem Zug aus, stellt es aber zu hart auf den Tisch. Das Glas geht entzwei. Gleich gibt's 'ne Keilerei.

„Haben wir je was widerrufen, widersetzten wir uns auch mal? Niemals gegen Masters Voice aus Peking! Schämen wollten wir uns!“

Und wird nun selber rot, bis unter die Haarwurzeln.

„PFUI TEUFEL!“

Tumult im ‚Max und Moritz‘, der sich nur ganz allmählich legt. Bis in ein betretenes Schweigen hinein. Und da heraus nun Assyas Stimme: „Wer, wenn nicht wir hier haben den Sozialismus vor die Hunde gejagt?“

Andere Stimmen:

„Stimmt doch, oder etwa nicht?

„Wir haben Sozialismus weitergedacht, ohne uns gründlich von Stalin und Mao verabschiedet zu haben."

Dann ist der Teufel los im ‚Max und Moritz', geht's hoch her, fliegen Bierdeckel, noch keine Gläser durch die Luft. Drohen Fäuste dem Genossen mit seinem Plakat und der Assya neben ihm. Sie tuscheln, dann rufen sie:

ERST TRAUERN, DANN KÄMPFEN!

Sowas nervt, verärgert. Einige zahlen und gehen. Assya geht noch nicht, streift durch die Räume neben dem großen Saal. So als suchte sie noch wen. Stutzt über einer kleinen Blonden neben anderen Kindern mit ihren Eltern an einem Tisch. Der Tisch ist voller Bierdeckel, einige sind zu Kartenhäuschen aufgestellt. Die Kleine zieht sich einen Deckel raus und das Häuschen fällt zusammen. Was sie nicht weiter kümmert. Sie hat jetzt, was sie braucht. Nimmt sich den Bleistiftstummel aus dem Mund und kritzelt los.

„Guten Abend, Kleine!"

Die sieht kurz auf, zu dieser großen Frau, mit ihren schwarzen Haaren. Und malt weiter. Assya sieht auf das Kind herunter und fragt: „Wo ist denn dein Vater?"

„Der kommt gleich und holt mich ab, hat nur noch was zu besorgen."

„So so, besorgen nennt er das – immer noch."

Eine Mutter zieht die Augenbrauen hoch, ein Vater runzelt die Stirn.

„Hört mal, ich muss euch jetzt was sagen! So eine kleine Süße, wie eure hier, die hätte ich jetzt auch ganz gerne neben mir."

Assya spricht so leise über den Kopf der Kleinen hin, dass alle Eltern am Tisch sich vorbeugen, um besser hin zu hören.

„Wenn ihr Vater", flüstert sie. „Sich damals anders entschieden hätte, dann säße auch mein Kind hier mit uns am Tisch. Sich entscheiden, das war Andrés Sache nicht. Weshalb ich nach Holland geflohen bin. Und mein Kind nicht ausgetragen habe."

Da war es raus, lag es auf dem Tisch.

Die Eltern lehnen sich zurück in ihren Stühlen, Assya greift nach dem nächsten Glas, trinkt und schluckt. Zieht zwei drei zusammengeraffte Papiere hinten aus der Hosentasche. Und legt sie dem Genossen der Kleinen auf den Tisch.

Will schon gehen, sagt aber noch: „Das ist für euch und später mal für Andrés Kinder. Verfassungsschutznotizen. Sie haben uns alle bespitzelt. Und doch nichts gewusst von André und mir. Heute ginge das so nicht mehr."

Will wieder gehen und blickt auf den Bierdeckel in der Hand von Andrés Tochter. Auf ihre Stricheleien.

„Malst du immer solche schönen Sachen?"

„Immer nicht, nur manchmal."

„Und das hier, was ist das?"

„Liebe! Siehst du doch: Mal bist du oben, mal bist du unten."

„Das weißt du also schon!"

„Nein, das mal ich nur."

Assya streift der jungen Malerin erst eine Handbreit hoch über die Affenschaukeln und tippt sich dann selber an die Stirn. So, als fiele ihr noch was ein, was Wichtiges (Echt Colombo!) und fragt: „Wisst ihr, was das Schlimmste war? Dass wir das, was wir gedacht und gemacht haben, alles freiwillig gemacht und gedacht haben."

Assya geht, steht alleine und gedankenverloren in einer regenassen Nacht auf der Straße vor dem ‚Max und Moritz' und wartet auf ein Taxi. Es kommt wie gerufen. Der Scheinwerfer glänzt und blendet auf dem Asphalt. Der Fahrer blendet ab und Assya steigt ein und wenig später aus.

Wieder mal kein Licht im Treppenhaus, bis hoch in den siebten Stock.

JAN MOMBER

Lost Eye, Herbst 1995
Malerfarbe auf Sackleinen, 115 x 98 cm

Terminé   AC

Begin —   17.9.69   086   100383   0 02   75
Störung Kindergt
Neumynstr. Kinderrat   auch: 085   020005 - 003/
Kreisberg - Nord
→ Verwaltung ⊕ Geheimspeizelle

Lehrbeauftragter   F6 16

085 - S 70023
085 - S 20051
198 - S 35025 -
086 S 70001   129/73   KSV - Sympy   1973 - FU-hilfs Sit
                                                             Mdt F6-Rat
                            Lija - Mitglied   1974 - KSP 12.16
086 - S- 70002   414/74   fehlt wg. Ristte   - Hinweis auf
                                                             Lehrtatigkei
086 -S- 90248   130/75   vernichtet 85

_____

    70 153   Bethanien-Mordgeb.   AC. 2. 75
                            Heimschgl. (Festnahme)
                            „Teiln. nicht gen. Demo
                            (Polizeiberichs)

086 -S- 60 188   Ug Disziplinarverf.   28. 4. 75
                            Hinweis von VS an Uni
                    → auf Lija - Mitgliedschaft
                       (Anfrage Fi vom 5.3.75 ?) ←

    60 138   Offener Brief unterzeichnet
                            Im Antitörizptag KPD etc   8/75
                       (vorhanden)

    60 158   KSV will Kontakte
                            hgestellte Knüpfe an d.   2/75
                            Rostkarbe Ad sollte + 1 and
                            Kontaktgespr. filos
                            (Bericht von SP vom 9.12.75)
                       (V-Mann)   19-21.30

_____

1) Auskunft Pol. Prä[...]   13.12.75

— Hinweis auf M. Heil[...] v. 7.10.69
(Strafverf. 2 P Js 1394/69) wg. Auflauf
eingestellt!

Meldekarte

(Teilnahme)   30.10.75   wg. Aktion gege[n] Prozeß vor
LG Duisburg (Verbreiten von Flugblättern, Bel.
Evidensch.) (Demd[e]y)

[...] Bes [...] Bl [...]
(Anfrage nach Erkenntnissen aus Duisburg

[...] 1 Vef. 327 P[J]s 2791/72   KV/SB

+ VSK - Annonce in RF Rev. Kulturtage
[...] 68[...] Vertragende in Gal. u Sammyr Pl
angekündigt

2) Mitteilung VS an Ges.Wiku v. 28.1.76
Ringvorlesungen de Wahlkampfvorbereiten de KPD
mitgeteilt + Verl. - ver. übersandt

Artikel „Kämpfende Kunst   Sonderdruck 2/76
Kulturarbeit in DDR

3) Meldung V-Man
Planung von [...] der KSV zum Prozeß d.
Duisburg [...]

S-50159   Fith-Ma   KPD-Veranstaltung   23.11.75
V-Mann   Berufsverbote (Rechw)
(Ekkehard Germann Nuv)

Gc 246   KSK-Forum   CL-Hamburg   7.2.76
Mat auf Rechw V-Mann "Infolungen   mit!
sehr theoretisch und für nichtgeschulte Gen.
schwer verständlich"

70 076   Aufenthaltsraum Postkarte   Vorbereitung   23.2.76
auf Prozeß   Prof Bewe (V-Mann)

50 159   KPD-Veranst.   Neue Welt   5.3.76
Staatsschutzprozeß   (V-Mann nie bekannt!)

60 138   Hinweis an KSV-Kreise, daß demnächst   23.3.76
Prozesse wg. Rockher läuft
V-Mann auf SP

Erklärung + Resolution der Am 29.10.75
in Duisb festgenommen

KVG + Kampf. Kunst   mit Hinweisen
auf Mitarbeit Mehr

110064   Maler- Kindfeier   Schloßpl. Tegel   27.5.76
Anweise gg Rohland   (V-Mann)

50056   Bi sammelt in Rostk Biro Unterschr   ca 7/76
JS   Rockher-Prozeß

50159   KPD-Veranst.   Bericht H. Nachholl   18.8.74
CSSR-2 Teplice   300 Gen.   V-Mann

90001   Impressum Broschüre KSK Mitarbeit

Eckhardt Momber, geboren 29. April 1941 in Berlin, ab 1970 Lehrbeauftragter und TZA an der FU Berlin, promoviert über Kriegsliteratur und schreibt ab 1980 für den Rundfunk. Geht 1983 geht für 20 Jahre nach Japan und lebt seither im Norden des französischen Südens.

Schüsse in Dombrowskis Bauch, Köln 1980
's ist Krieg! 's ist Krieg! Versuch zur Literatur über den Krieg *1914 – 1933,* Westberlin 1981
Chinamesser, Eine Erzählung, Berlin 2006
La Nouvelle Ondine, Editions Maurel 2015
Zimmer mit Seeblick, Editions Maurel (Hamburg) 2016.

Vor 40 Jahren

Jan Momber, geboren 1972 in Westberlin, verlässt 1978 das Fichtenberg Gymnasium um zu malen, geht 1988/89 für ein Jahr nach Japan, von dort nach Australien und ist dann bis 1992/93 in Westberlin künstlerisch tätig. Spätestens 1995 gerät er in eine Lebenskrise. Im Winter beginnt er in den Bergen von Nagoya eine Ausbildung als Bildhauer, malt im Sommer u. a. *Lost Eye* und nimmt sich am 10. Dezember das Leben.

Vor 25 Jahren

LA NOUVELLE ONDINE

PETIT DRAME
DE LA PLUS GRANDE CATASTROPHE MARITIME
DE NOTRE TEMPS

En collaboration avec Geneviève Momber

et une peinture de Gregory Forstner

LE CAP ARCONA, ancien PAQUEBOT DE LUXE transformé en CAMP DE CONCENTRATION FLOTTANT pendant LA SECONDE GUERRE MONDIALE, fut BOMBARDÉ LE 3 MAI 1945 DANS LA BAIE DE LUBECK, près de HAMBOURG, PAR DES PILOTES DE LA ROYAL AIR FORCE. LES NAZIS qui s'apprêtaient à TORPILLER ET EN-VOYER PAR LE FOND 7 MILLE DÉTENUS EUROPÉENS qu'ils ne voulaient pas ABANDONNER VIVANTS dans les camps, purent tran-quillement assister au SPECTACLE du TRAVAIL fait à leur place par les ALLIÉS.

Un homme venu participer, de nos jours, à la commémoration de cette tragédie, se prend de passion pour une jolie femme, guide touristique de son village, mais pas seulement…

Eckhardt Momber

ZIMMER MIT SEEBLICK

Eine Erzählung aus den 80er Jahren

Mit einem Bild von Gregory Forstner

Editions Maurel

IN DEN LETZTEN TAGEN DES LETZTEN GROSSEN KRIEGES HERRSCHTE EINE ZWIELICHTIGE ATMOSPHÄRE IM NORDEN DEUTSCHLANDS. DA STOLZIERTEN ORDENSGESCHMÜCKTE DEUTSCHE OFFIZIERE, SOGENANNTE GOLDFASANE, IMMER NOCH UNBEHELLIGT UND NICHT NUR IN NEUSTADT HERUM. AUSSER KIEL HATTEN DIE MEISTEN KLEINEREN STÄDTE UND DÖRFER DEN KRIEG SO GUT WIE UNVERSEHRT ÜBERSTANDEN. ES WAR, ALS WÄREN DIE UHREN 1939 STEHEN GEBLIEBEN. BIS AM FRÜHEN MORGEN DES DRITTEN MAI 1945 EIN MASSAKER IN DER LÜBECKER BUCHT DIE GRÖSSTE MARITIME TRAGÖDIE DER NEUZEIT EINLEITET; GEWISSERMASSEN VOR DER HAUSTÜR VON AUTOREN WIE GÜNTER GRASS, SIEGFRIED LENZ, ERICH NOSSAK UND ANDEREN. OHNE JE AUFGEGRIFFEN WORDEN ZU SEIN. WARUM SCHEUTEN NICHT NUR DEUTSCHE, SONDERN AUCH AUTOREN DER 16 IN MITLEIDENSCHAFT GEZOGENEN NATIONEN DEN FALL DIESER RÄTSELHAFTEN BOMBARDIERUNG EINER HÄFTLINGSFLOTTE? EIN VERBRECHEN, DAS INSGESAMT MINDESTENS 10.000 POLITISCHEN GEFANGENEN DES DEUTSCHEN REICHS DAS LEBEN GEKOSTET HAT.

ANSTATT DIESE FRAGE HISTORISCH KONKRET ZU BEANTWORTEN, HABE ICH MIR ERLAUBT, EINE LIEBESGESCHICHTE, MITTE DER 80er JAHRE DES VORIGEN JAHRHUNDERTS, IN EINEM BEKANNTEN SEEBAD ZU ERFINDEN. DEM DORF MEINER KINDHEIT AN DER OSTSEE, IN DEM EIN SOMMERGAST EINE ANGESTELLTE DES FREMDENVERKEHRSVEREINS KENNEN LERNT.UND ES ZU EINEM KRIEG AUF DEN ERSTEN BLICK KOMMT.

Amour Fou 33

Voraussichtlich Winter 2017

Botticelliauge

David Rodriguez

IL ÉTAIT UNE FOIS, APRÈS LE GRAND KRACH BOUR-SIER, DEUX ÊTRES HYPERSENSIBLES ET VISION-NAIRES, UN HOMME ET UNE FEMME, ARDENTS DÉCA-DENTS INSATISFAITS DE CE MONDE, FUGITIFS DANS LA POÉSIE, PRETS À BOUSCULER NOS SENTIMENTS, NOS PENSÉES ET NOTRE LANGUAGE. ILS SE RENCON-TRÈRENT À PARIS AU PRINTEMPS DE L'ANNÉE 1933. ENSORCELÉS L'UN PAR L'AUTRE, LEUR AMOUR REVO-LUTIONAIRE ET CONQUERANT SE PERDIT DANS LE CHAOS de L'HISTOIRE. ALORS QUE L'HUMANITÉ S'ACHEMINAIT VERS SON DESTIN TRAGIQUE.

Écrit et raconté par Eckhardt Momber, en collaboration avec Geneviève Momber.
Inspiré par le Journal d'Anaïs Nin des années 1932-1934 et par des textes d'Antonin Artaud.

Editions Maurel

FSC
www.fsc.org
MIX
Papier | Fördert
gute Waldnutzung
FSC® C083411

Zeitfracht Medien GmbH
Ferdinand-Jühlke-Straße 7
99095 Erfurt, Deutschland
produktsicherheit@kolibri360.de